KB260516

작가처럼 : 당신만의 글쓰기 노트

엮은이 임유진 | 펴낸이 유재건 | 펴낸곳 엑스플렉스(X-PLEX)
등록번호 105-91-96264호 | 주소 서울시 마포구 와우산로 180 (4층 402호)
대표전화 02-334-1412 | 팩스 02-334-1413
초판 1쇄 인쇄 2016년 11월 5일 | 초판 1쇄 발행 2016년 11월 10일

xbooks는 엑스플렉스의 출판브랜드입니다. 이 도서의 국립중앙도서관 출판예정
도서목록(CIP)은 서지정보유통지원시스템 홈페이지(http://seoji.nl.go.kr)
와 국가자료공동목록시스템(http://www.nl.go.kr/kolisnet)에서 이용하실
수 있습니다. (CIP제어번호: CIP2016026045)
ISBN 979-11-86846-09-4 13800

작가처럼

Write Like A Writer

당신만의 글쓰기 노트

글을 쓰고 싶은 사람들에게

1.

당신이 글을 쓰고 싶다면, 아마 질문이 생길 것이다. 내가 할 수 있을까? 글은 재능이 있는 사람만 쓰는 게 아닐까? 나는 다른 직업이 있는데 괜히 글을 쓰려는 건 아닐까? 내 글을 보고 사람들이 허접하다고 하면 어떡하지? 만약 글을 쓴다면… 도대체 언제 쓰지? 학원을 다녀야 하는 건 아닐까? 그냥 나만 보려고 쓰는 글이 무슨 의미가 있을까? 글로 밥 벌어먹고 살기 어렵다는데, 그냥 아예 시작하지 않는 편이 낫지 않을까?

2.

60초 소설가로 알려진 댄 헐리는 그의 나이 스물다섯에 변호사 협회의 기자로 일하고 있었다. 그런 그에게는 꿈이 있었으니 바로 소설가가 되는 일.

나는 매일 아침 여섯 시에 일어나 소설을 썼다. 저녁에 친구들과 모여 대화를 나누다가도 벌떡 일어나 말하곤 했다. 방금 기가 막힌 소재가 떠올랐기 때문에 얼른 집에 가서 글을 써야겠다고. (댄 헐리, 『60초 소설가』)

그리고 그는 진짜로 소설가가 되었다. 또 다른 예로 소설가 설흔이 있다. 초일류 대기업을 다니던 그는 회사에서 하는 일이 자신과 맞지 않는다는 사실을 깨달았다. 회사를 바꿔도 안 맞긴 마찬가지. 그렇다고 완전히 일을 그만둘 수는 없어서 글에서 돌파구를 찾기로 하는 그. 회사에서 글을 쓰기로 마음먹는다.

나는 글을 쓰기 위해 아침 일찍 출근을 했다. … 사무실엔 나 말고는 아무도 없었다. 마음도 다잡았고 시간도 충분했다. 이제 남은 건 쓰는 것뿐이었다. (설흔, 「글 쓰고 싶어하는 부장님」, 『왓더북』)

3.

"글을 쓰기에 가장 좋은 장소는 어디냐"는 질문에 도로시 파커가 "머릿속"이라고 대답한 일은 이미 유명하다. 트루먼 카포티는 모텔방에서 가장 좋은 글이 나왔다고 한다. 한번은 브로드웨이 스크립트를 청탁받고는 기차표를 사서 그 여행 내내 침대차 안에서 글을 쓴 적도 있다고(뉴욕에서 시카고로 가는 중에 그는 무려 140쪽이나 쓸 수 있었다). 존 치버는 매일 창문도 없는 지하 작업실로 출근해서 해가 질 때까지 글을 쓰고 다시 퇴근했다(그가 쓴 대부분의 작품은 그가 지하실에서 달랑 사각팬티만 입고 써내려간 결과물이다). 또, 레이먼드 카버는 때때로 자동차 안에서 글을 썼다. 그가 본격적인 작가가 되기 전에는 일을 하고 돌아와 차고에서 글을 쓰기도 했다. 오르한 파묵은 노벨문학상을 받으면서 작가가 될 수 있는 비법 비슷한 것으로 "책들로 둘러싸인 방에 자신을 감금하는 것"을 말했는데, 아마 저마다의 방법이 있을 것이다. 다만, 언제 글쓰기를 시작할 것인가가 관건이다. 피터 드 브리스는 말했다. "나는 오로지 영감을 받을 때에만 글을 쓴다. 그리고 나는 내가 반드시 매일 아침 9시에 영감을 받도록 한다."

4.

『글을 쓰고 싶다면』에서 브렌다 유랜드는 형편없는 이야기를 쓸까 너무나 두려워한 나머지, 감히 단 한 문장도 쓸 용기를 내지 못하는 사람들에게 이와 같은 이야기를 한다. "당신이 얼마나 형편없는 이야기를 쓸 수 있는지 한번 시도해 보세요. 얼마나 멍청할 수 있는지 알아보세요. 그렇게 해봐요. 그러는 것도 재미있을 거예요. 만약 당신이 첫 문장부터 마지막까지 완전히 지루한 이야기를 쓸 수 있다면, 내가 10달러를 주겠어요!" 이 당당한 10달러 내기에 바로 이어 그녀는 말한다. "물론 아무도 그럴 수는 없다"고.

　사람들은 아무리 최선을 다해 노력해도 처음부터 끝까지 멍청하고 지루하고 형편없는 글만 내리 쓸 수 없다는 사실을 알고서 위로를 받게 될 것이다. 자신의 글이 괜찮다는 것을 알게 되고, 자신이 멍청한 사람이 아니라는 것을 알게 된다. 누구라도 글쓰기를 할 수 있는 것이다.

"자, 이렇게 하는 겁니다. 키보드를 앞에 두고 앉아 글자를 쳐 넣어요. 하나, 그 다음 또 하나. 끝날 때까지 그렇게 하는 거예요. (글쓰기란) 그토록 쉬운 일이에요. 하지만 그토록 어려운 일이기도 하죠."──닐 게이먼이 밝히는 글쓰기의 방법이다.

5.

그러니까, 당신이 글을 쓰고 싶다면

- 당신은 재능이 있다는 것, 독창적이라는 것, 그리고 중요한 할 말이 있다는 것을 알라.
- 형편없는 글을 쓰는 것을 두려워하지 말라. 먼저 쓴 이야기에서 나쁜 점을 발견한다면 새로 이야기를 두 개 더 쓰고 그런 다음 처음 이야기로 되돌아가라.
- 낙담했을 때 반 고흐의 말을 기억하라. "만일 마음속으로 '넌 화가가 아냐' 하고 말하고 있다면 모든 수단을 다해서 그림을 그려라. 그러면 그 소리는 잠잠해질 것이며 오직 작업을 통해서만 그럴 것이다."
- 당신이 다른 작가들보다 더 나은지 못한지를 궁금해하면서 자

신을 평가하려고 하지 말라. 블레이크는 말했다. "나는 판단하고 평가하지 않는다. 나의 일은 창조하는 것이다." 게다가 시간이 생겨난 이후 창조된 그 어떤 다른 존재와도 다르기 때문에, 당신은 비교될 수 없다.

브렌다 유랜드가 전하는 말이다.
그리고 이 노트는 두려움 없이, 다만 거침없이 초고를 써내려 나갈 당신을 위한 것이다.

¶

브렌다 유랜드처럼

"언제나 당신이 생각하는 걸 쓰세요."

글쓰기책의 고전 『글을 쓰고 싶다면』의 저자이자 글쓰기 멘토 브렌다 유랜드는 말한다. "언제나 당신이 생각하는 걸 쓰라"고. 이것은 당연한 말로 들린다. 그럼 내가 생각하는 걸 쓰지, 남이 생각한 걸 쓰기도 하나? 그러나 남의 눈과 평가에서 자유롭지 못한 우리는 자꾸 겁을 먹는다. 남을 의식하고, 비평에 연연한다.

어쩌다가 우리 안의 창조적 충동이 죽어 버리는 걸까? 당신 작문의 여백에다 파란색 펜으로 "진부함, 다시 쓸 것"이라고 사납게 써갈긴 국어 선생이 그것을 죽이는 걸 도왔다. 비평가들도 그것을 죽이고, 가족들조차 이 일에 조력한다. 가족들, 그 중에서도 특히 남편은 이 창조적 충동의 탁월한 살해자이다. 형은 동생을 비웃음으로써 그것을 죽인다. 그 결과 모든 사람은 어떤 일에 조금이라도 의욕과 열정을 보이거나 진지한 감정을 드러내는 일을 수치스럽고 부끄럽게 여긴다.

당신은 지금까지 살아오면서 선생과 비평가와 부모와 그밖에 유식한 체하는 친지들이 당신의 어떤 글을 보고 나서 대번에 교만

하고 까다롭게 굴면서 잘못을 열거하는 경험을 했을 것이다. "어허, 맞춤법이 틀린 단어가 하나 있구나!"—마치 셰익스피어가 철자법을 알기라도 했다는 듯하다! 철자와 문법과 수사법 책에서 배운 내용이 자유로움과 상상력에 무슨 대단한 관련이라도 있기라도 한 듯하다! (『글을 쓰고 싶다면』)

직업으로서의 비평가뿐 아니라 우리의 의욕과 결과에 대해 평가하는 모든 사람들을 신경쓰지 말라는 작가의 말. 혹시라도 내 글의 주제가 우스꽝스럽다고 생각할까봐, 내 문장이 유치하다고 생각할까봐, 내 맞춤법이 틀렸다고 비웃을까봐 스스로에게 가하는 자기검열은 우리를 "불안하고 소심하고 위축된 완벽주의자로 만들어 버리고, 그리하여 셰익스피어만큼 좋은 글이 아니라면 아무것도 쓰지 못할 만큼 완전히 겁을 먹게 한다". 만약 그렇다면, 우리 모두 대문호처럼 쓸 수 없는 것은 자명하므로 "아무것도 쓰지 못한 채 한 달 또 한 달, 그리고 십 년 또 십 년 동안 미루기만 하는 것은 당연하다".

그러나 우리는 쓰고 싶다. 더 이상 미루고 싶지 않다. 누군가 내 이야기를 들어줬으면 좋겠다는 걸 소망으로만 간직한 채 살기는 싫다. 솔직하게 있는 그대로, 내 생각을 말했을 뿐인데 좋다고 말해주는 친구들, 믿을 수 없는 이야기를 하는데도 더 더 조금 더 들려 달라고 말하는 사람들, 나를 이해하길 원하는 친구들이, 글을 쓰고 싶은 우리에게 필요하다. 자기검열과 불안은 우리로 하여금 홍시맛이 나더라도 홍시맛이 난다고 말하지 못하게 만든다. 틀리면 어쩌지, 남들이 이상하게 생각하면 어쩌지… 이 걱정을 내려놓고 자유로워질 때, 우리는 비로소 진짜로 하고 싶은 이야기를 시작할 수 있게 된다. 자유로움은 우리를 쓰게 만든다.

서머싯 몸은 말했다. 소설을 쓰는 데에는 세 가지 법칙이 있다고. 하지만 불행히도, 아무도 그게 뭔지 알지 못한다고.

그러나 나는 감히 그 법칙 한 가지를 꼽아본다. "자유롭고 거침없을 것." 물론, 내가 아니라 브렌다 유랜드의 말이다.

27

¶

어니스트 헤밍웨이처럼

"아는 걸 써라"

헤밍웨이는 말한다. 글쓰기는 끝도 없는 도전과 같은 것으로, 지금껏 자신이 해본 그 어떤 일보다도 어렵다고. 그래서 그는 계속한다고. 그리고 그것을 잘 해냈을 때 행복하다고. 글로 밥벌이를 할 수 있는 것도 중요하지만 그보다 우선 행복해지기 위해 글을 써야 한다 말하는 헤밍웨이는 평생, 단어들을 대할 때 마치 그것들을 난생처음 보는 듯한 마음가짐으로 글을 썼다.

그렇게 단어들을 써나가며 헤밍웨이가 자신의 이야기에서 하고자 했던 건 '진짜' 삶의 느낌을 갖도록 하는 것. 이야기를 살아 있는 것으로 만드는 것. 그래서 그 이야기를 읽은 사람이라면 실제로 그것을 경험하도록 하는 것. 이에 헤밍웨이가 전하는 글쓰기 방법 ——"당신이 아는 걸 써라. 진실로 쓰고 사람들에게 이게 다 무엇들인지를 말해줘라. 책이란 자고로 당신이 아는 사람에 대한 것, 당신이 사랑하고 싫어하는 것에 대한 것이어야지 결코 당신이 연구할 만한 사람들에 대한 걸 쓰는 게 아니다."

헤밍웨이는 또한 자신의 문하생 아널드 새뮤얼슨에게 글쓰기에 대한 이야기를 하며 다음과 같은 말을 한다.

"날마다 본 것을 독자가 한눈에 알아볼 수 있도록 묘사해 봐. 그러다 보면 그게 종이 위에서 살아 움직일 거야. 플로베르가 모파상한테 그렇게 글쓰기를 가르쳤지. 뭐든 묘사해 봐. 선착장에 서 있는 자동차, 만류나 거친 바다에 쏟아지는 스콜도 좋고. 감정을 집중하려고 노력해." (아널드 새뮤얼슨, 『헤밍웨이의 작가수업』)

본 것을 쓰고, 그것이 종이 위에서 살아날 때까지 쓰는 것. 좋은 글을 쓰기 위한 요건이다. 그런 의미에서 좋은 글을 쓰는 것과 좋은 책을 읽는 것은 비슷하다. 실제로 일어난 사건보다 자신에게는 더 진짜처럼 느껴진다는 점에서. 책을 읽은 후 당신은 그 일이 진짜로 당신에게 일어났다고 느낄 것이고 그 감정은 모두 당신 것이 된다. 그리고 "그게 좋은 것이든 나쁜 것이든, 희열이든 회한이든, 후회이든, 사람과 장소, 날씨가 어땠는지까지 모두 당신 것이 될 것이다"(헤밍웨이).

¶

레이먼드 카버처럼

"시간이 없으면 짧게"

어떤 '조건'이나 '환경'을 생각할 때 떠오르는 장면이 있다. 스무 살 무렵 이미 두 아이의 아빠가 됐고, 아내가 웨이트리스로 일하는 동안 그 자신은 아이들을 보살피며 허드렛일을 하는 남자. 어느 날 빨래방에서 다른 사람에게 순서를 빼앗기고서 남자는 생각한다. '아, 앞으로 내 삶은 계속 이렇게 억울하고 불안한 일들뿐이겠구나.' 돈은 없지, 글은 써야겠지, 애는 울지, 일도 해야지…. 이 괴로운 남자는 바로 미국 단편소설을 이야기할 때 빠지는 법이 없는 소설가 레이먼드 카버다.

글을 쓸 충분한 시간과 여유가 없던 그는 젊은 시절 먹고살기에 급급했다. 학교를 제때 가지 못했음은 물론이다(시간이 좀 지난 후에 학업을 이어갈 수 있었다). 별다른 기술이 없이도 할 수 있는 시시한 직업들을 전전했고, 일이 끝나고 집에 돌아와 한 호흡에, 짧은 시간에 쓸 수 있는 것들 위주로 글을 썼다. 그가 주로 단편소설과 시를 쓰게 된 이유다. 장편소설을 쓸 시간적·물리적 여력도 없었거니와 당장 글을 팔아서 원고료를 받아야 하는 그의 경제적 조건 속에서 장편은 선택지인 적이 없었다. 결국 그는 그

단편소설로 대가가 되었다. 어려운 환경을 극복하고 결국 무언가를 이뤄낸 해피엔딩을 말하고 싶은 게 아니다. 퍽퍽한 삶의 조건이 레이먼드 카버라는 사람을 결국, 단편소설의 대가가 되게 했다는 식의 결과론적 해석을 하고 싶은 것도 아니다. 나는 그가 처한 조건 속에서 그 소설가가 한 '선택'을 이야기하고 싶다. 그는 가난과 궁핍에 내몰려 일을 해야 했지만, 그 낮 근무가 끝난 후 그가 진짜로 원했던 일인 소설을 썼다. 다만, 시간이 없어서 짧게 썼다. 다만, 돈이 없어서 팔 수 있는 글을 썼다. 그의 상황에서 할 수 있는 전부였다.

완벽한 조건이 따로 있고, 그게 뒷받침될 때에만 무언가를 성취할 수 있는 것만은 아닐 것이다. 어쩌면 현재에 만족하고, 자신이 한 일들을 받아들이는 것만이 우리가 삶에서 이룰 수 있는 전부일지 모른다. 탄식과 안타까움은 공기처럼 우리와 함께 살아가지만, 어쨌거나 우리가 처한 조건과 상황하에서 만들어가는 선택과 결정들이 결국 우리를 만든다. 불만이나 가정(假定)이나 소망이 아니다. 실제 조건 속에서 아쉬움과 함께 만들어 내는 '진짜 행동'들이 우리의 삶을, 우리의 미래를 만든다. 레이먼드 카버를 위대한 소설가로 만든 건 그의 가정환경이나 재능이 아니라, 일을 마치고 돌아와 차고에서 그가 '실제로' 써내려간 그의 진짜 글 한 편이다.

¶

오스카 와일드처럼

"다른 누구도 아닌 당신 자신이 되어라"

"인생은 모두 다음 두 가지로 성립된다. 하고 싶지만 할 수 없다, 할 수는 있지만 하고 싶지 않다." —오스카 와일드의 말이다. 그의 말마따나 하고 싶지만 할 수 없는 게 많고, 할 수는 있지만 하고 싶지 않은 것은 딱 그만큼 많다. 글을 쓰고 싶다 말하지만 나는 글을 쓸 만한 사람이 아니야…라고 말하는 당신에게, 오스카 와일드가 전하는 몇 가지 충고. 이 12가지만 따르더라도 당신 글쓰기의 절반은 성공인 셈이다.

1. "작가는 정신이 삐딱하게 행동하도록 배운 자다."

☞ 규칙은 무시해도 좋다.

2. "나는 너무 똑똑해서 어떤 때는 나조차도 내가 무슨 말을 하고 있는지 전혀 이해가 안 된다."

☞ 명료하게 쓰자.

3. "스스로 어쩔 수 없는 상황에서 당신을 규정하는 것은, 누가 읽으라고 한 게 아닌데도 당신이 굳이 읽은 책들이다."

☞ 존경하는 사람들의 책을 읽으며 우리의 글쓰기를 발전시키자.

4. "책에는 도덕적이거나 비도덕적인 구분이 없다. 잘 쓴 책이 있거나, 못 쓴 책이 있을 뿐이다."

☞ 어떤 내용이 좋고 나쁘냐는 주관적인 사항이다. 하지만 좋은 글은, 그게 좋다는 사실이 달라지지 않는다.

5. "자고로 위험하지 않은 아이디어는, '아이디어'라고 불릴 가치조차 없다."

☞ 편안하고 익숙한 곳 밖으로 나오는 것을 두려워하지 말라.

6. "경험이란 인간이 실수에 갖다붙이는 이름일 뿐이다."

☞ 실패에 대한 두려움이 당신의 글쓰기나 출판에 대한 마음을 꺾어버리게 두지 말라. 모두가 실패한다.

7. "상상은 모방한다. 무언가를 창조하는 것은 비판정신이다."

☞ 비판적인 정신은 생산적인 정신이기도 하다.

8. "말! 겨우 말 주제에! 얼마나 끔찍한가! 그 얼마나 분명하고, 생기있고, 잔인한가! 그 누구도 언어에서 자유롭지 못하고, 그 안엔 은밀한 마술이 있다. 형체가 없는 것에는 형체를 주고, 바이올린이나 류트와 같이 아름다운 음악을 연주한다. 한낱 말에 불과한데! 그러나 이 언어만큼 실제적인 게 있던가?"

☞ 글쓰기는 고통스럽지만, 이루 말할 수 없는 보상이 따른다.

9. "아침 내내 내 시 한편 교정을 보다가 쉼표 하나를 뺐다. 오후에는 도로 그 쉼표를 넣었다."

☞ 완벽에 집착하지 말 것. 어느 순간 당신은 그저 시간을 허비하고 있을 뿐이다.

10. "일관성은 상상력이 없는 자들의 마지막 피난처이다."

☞ 똑같은 것을 반복해서 만들어 내는 일에 갇히면 안 된다.

11. "사람들은 작가들에게 '당신은 왜 저 사람처럼 쓰지 않죠?' 혹은, 화가에게 '당신은 왜 저 화가처럼 그리지 않죠?'라고 묻는다. 만약 그렇게 한다면 작가나 화가는 더 이상 예술가이기를 멈출 것이 분명한 사실임에도."

☞ 다른 사람들의 스타일을 흉내내지 말 것.

12. "네 자신이 될 것. 다른 사람들은 이미 모두 선택되었으니."

☞ 스스로 '나는 별로 할 말이 없다'고 생각해서는 안 된다. 당신의 관점은 고유하고 유일한 것이다.

¶

스콧 피츠제럴드처럼

"소설은 메모에서 시작된다"

스콧 피츠제럴드는 자신의 단편 습작을 보내온 지인에게 이런 충고를 했다. ──아직 딱히 글쓰기에 기술이나 기교가 없는 사람일 경우에는 더더욱 그들이 글을 통해 팔 수 있는 것은 감정뿐이라고. 진심, 그리고 가장 강렬했던 감정들을 가지고 써야지 저녁식사 자리에서나 가볍게 할 법한 이야기를 써서는 안 된다고. 읽히는 글을 쓰는 데는 시간이 적지 않게 걸리므로 초심자가 할 수 있는 일은 '진짜'를 쓰는 것뿐이라고. 이제 막 글쓰기를 시작하는 사람들에게 꼭 필요한 지침이다. 또, 이제 막 소설쓰기를 시작하는 사람들에게 피츠제럴드가 당부하는 이야기.

1. 메모를 하는 것에서 시작하라

"반드시 메모에서 시작해야 한다. 어쩌면 몇 년 동안 해야 할지도 모른다. 무언가에 대해 생각할 때, 무언가 떠올랐을 때 가지고 있는 것에 적어라. 생각하면서 적어라. 다음번에는 결코 그 생생함을 잡아내지 못할지 모른다."

2. 이야기의 구체적인 전개도를 그려보라

"파일을 하나 사라. 그리고 첫번째 장에 소설의 전개도를 거대하게 그리고 나서 이제 어떻게 할지 두 달 동안 계획을 짜라. 파일 중간쯤을 클라이맥스로 만들고, 짜놓은 계획을 세 달 동안 거꾸로 앞으로 이리저리 따라가 보아라. 이제 가진 것을 바탕으로 뭔가 복잡하고 연속성 있는 것을, 그리고 스케줄을 짜라."

3. 어느 정도 작업이 진행 중인지 아무에게도 말하지 말 것

"글이 끝날 때까지 아무에게도 그것에 대해 말하지 않는 건 꽤 좋은 법칙이다. 만일 누군가에게 말을 하면 늘 그 일부를 잃게 된다. 그리고 잃어버린 일부는 다시 당신 것이 되지 못한다."

4. 인물들을 창조하라, 어떤 유형을 만들지 말고

"개인에서 시작하면, 의식하기도 전에 당신이 어떤 인물유형을 만들어 냈다는 것을 알게 될 것이다. 하지만 유형에서 시작하면 아무것도 만들어 내지 못한다."

5. 익숙한 단어를 사용하라

"당신이 특별히 표현하고자 하는 것에 딱 맞는 것을 찾아헤맨 결과로서 찾은 단어가 아닌 다음에야, 결코 낯선 단어를 써서는 안 된다."

6. 문장이 움직이려면 형용사가 아닌 동사를 써야 한다

"모든 좋은 글은 동사가 그 문장을 끌고 간다. 문장을 움직이게 하는 건 동사다. 영어를 쓰는 시인 중 가장 유려한 테크닉을 가진 키츠의 시 「성 아그네스의 전야」를 보면, "토끼가 얼어붙은 풀숲을 지나며 비틀대며 절뚝거렸다" 이 문장은 너무나 생생해서 읽는 이로 하여금 그것을 좇게 만든다. 바로 눈치채기 쉽지 않지만, 시 전체가 이 동작 —절뚝거리고 비틀거리고 얼어붙은 움직임의 색을 입고 있다."

7. 거침없을 것

"나는 지금 빛바랜 푸른색의 방에 홀로 있다. 아픈 고양이와 함께, 그리고 창밖에서 손짓하는 2월의 헐벗은 나뭇가지들과 함께, 또 〈사업은 좋은 것입니다〉라고 쓰여 있는 아이러니컬한 문진과 나의 거대한 골칫거리('이대로 갈까? 돌아갈까?')와 함께.
혹자는 이렇게 말할지 모른다. '내가 뭔가 증명했어야 한다는 걸 알아. 아마도 이야기가 전개됨에 따라 발전되지 않겠어?' 혹은, '이건 말도 안 되는 얘기야. 차라리 지금 버리고 다시 시작하는 게 낫겠어.' 후자의 경우는 작가가 해야 하는 가장 어려운 선택이다. 작가가 시체를 소생시키거나 셀 수 없이 많이 얽힌 줄기를 푸는 데 수백 시간 동안 애쓰며 스스로를 소진시키기 전에 조금 철학적이 되어 보는 것은 그 작가가 진짜 프로인지 아닌지를 알아보는 시험이다."

¶

로알드 달처럼

"쓸 수 없을 때야말로 글을 쓸 때"

『찰리와 초콜릿 공장』과 『마틸다』의 작가, 로알드 달. 그의 책은 쉽고 즐겁게 읽히지만 정작 그 자신은 결코 쉽게 쓰지 않았다. 단편 하나를 쓰는 데는 6개월이 걸렸고, 어린이책을 쓰는 데는 1년이 걸렸다. "좋은 글쓰기란 기본적으로 다시 쓰는 것"이라는 믿음만큼 그는 자신이 쓴 글을 퇴고하는 데 기준이 높았다. 『마틸다』의 경우에 초고를 뒤집어 완전히 새로 고쳐쓰기까지 했으니 말이다.

로알드 달은 또한 글쓰기 작업을 마치 직장인처럼 규칙적으로 한 것으로도 잘 알려져 있는데 그가 그렇게 스스로를 강제한 이유는, 그렇게 하다 보면 결국 영감과 아이디어는 찾아올 것이라는 확신이 있었기 때문이다. 그는 "나는 이러이러하기 때문에 글을 쓸 수 없어"라고 하지 않았다. 그는 "나중에 조금 쓸 만해지면 글을 쓰겠어"라고도 하지 않았다. 그의 스승이자 친구인 찰스 E. 마시가 중병으로 거동을 못하는 지경에 이르렀을 때 로알드 달은 아픈 친구(이자 멘토)에게 편지를 쓴다. 로알드 달은 전쟁 기간 동안 파일럿으로 복무하던 중 비행기 사고를 당했고 그 이후

만성적인 통증에 시달렸는데, 아래의 편지는 그 고통이, 소위 '불행'이 어떻게 그로 하여금 글을 쓰게 만들었는지에 대한 이야기를 들려준다.

"이 얘기를 꼭 해야겠는데… 난 아픈 것과 침대에 누워 있기 분야에 있어서는 전문가예요. 당신은 아니죠. 설령 당신이 쾌차한 연후에라도 당신은 여전히 나와 같은 '프로'에 비하면 이 게임에서 겨우 아마추어일 뿐이에요. 어떤 분야가 안 그렇겠냐마는, 무언가를 배우는 건 정말 더럽게 어렵죠. 하지만 당신이 알다시피 나는 여기에도 나름의 보상이 있다고 생각해요. 적어도 나 같은 사람에게는 그래요.

나에게 만약 다소간의 불행이 없었다면, 그것들이 내 인생을 조금은 꼬이게 만들어 정상의 홈에서 이탈하게 하지 않았더라면, 내가 과연 글이란 걸 단 한 줄이라도 쓸 수 있었을까. 아니라면, 문장 한 줄을 쓸 수 있는 능력이라는 게 있기나 했을까 하는 생각을 해요. 물론 당신은 아프기 전부터 이미 철학자였지만, 감히 단언하건대 당신은 아마 두 배로 훌륭한 철학자가 될 거고, 이 모든 게 끝나면 초인적인 철학자가 되어 있을 거예요. 아무것도 아니었던 상태에서 이제 막 걸음마를 뗀 철학자가 된 바로 나의 경우를 떠올려 봤을 때, 당신이 일반 철학자에서 초인적인 철학자가 될 거란 건 나름 근거가 있는 주장이죠.

내가 말하고자 하는 건 이거예요. 병은 우리의 정신에 좋다는 말이에요. 나중에 생각해 보면 그건 언제고 그만한 가치가 있어요. 약간의 수행적인 점도 있고, 자기수양의 측면도 있고 또, 공포도 있죠. 그리고 이것들은 아마도 지금껏 당신이 겪어 보지 못한 경험 축에 들 거예요. 그러니 제 말을 들으세요. 당신에게 찾아온 것에 뭐랄까, 감사를 해도 좋을 거고요. 만일 이후에 병이 저에게 그랬던 것처럼, 당신에게도 아픔과 통증과 약간의 부자유를 남긴다고 하더라도, 그까짓거 아무것도 아니에요. 남들에겐 어떨지 몰라도 적어도 자기 자신한테는 말이죠. 당신이 잘 가르쳐 주었듯이 '자기 자신'이라는 건, 세상에서 유일하게 중요하지 않은 사람이지 않겠어요."

남들이 글을 쓰지 않는 바로 그 이유 때문에 글을 쓴 사람, 가슴 따뜻하고 친절한 어린이책을 남긴 작가, 로알드 달이다.

147

¶

데이비드 포스터 월러스처럼

"보지 않으면 모든 것은 아무것도 아니다"

천재라 불린 소설가, 데이비드 포스터 월러스의 죽음 이후 그를 좋아하는 사람들이 한자리에 모였다. 룸메이트, 그의 전기작가, 에이전트… 그들은 이야기했다. 그의 글을 이야기하고 읽는 순간, 아직도 작가와 함께 있음을 느낀다고. 나도 그렇다. 그의 글을 읽을 때마다 나는 그의 목소리를 듣는다. 그는 책을 읽고 쓰는 것을 두고 우리를 "덜 외롭게 해준다"는 말을 여러 번 했는데 아마 그가 독자였을 때 나처럼 작가의 목소리를 들었기 때문이 아니었을까 싶다. 나와 비슷한 생각이 적힌 문장을 보면서 공감하고, 작가의 문장을 읽으며 그게 어떤 것일지 또한 공감하며 글쓴이에 이입하는 것. 이 세상엔 과연 나만 살고 있지 않다는 것을 새삼스럽게 확인하는 것. 그것이 월러스를 읽고 쓰게 한 힘이다. 그는 글을 쓴다는 것에 대해 데이비드 립스키와의 인터뷰에서 다음과 같은 말을 했다.

작가가 가진 건, '작가'라는 타이틀과 그저 내리 앉아 있을 수 있는 자유 정도일 거다. 앉아서 주먹을 쥐고 스스로를 괴롭게 만들며, 보통 사람들이라면 특정 정도, 특정 상황에서만 가능한 어떤 '사물에 대한 인식'을 한다. 만약 작가가 자기 일을 제대로 했다면, 그가 한 일은 기본적으로 독자로 하여금 자신이 얼마나 똑똑한가를 깨닫게 한 것일 거다. 항상 알고는 있었는데, 인지하지 못했던 어떤 것을 보라고 독자를 깨우는 일이다. 그리고 이건 작가가 일반 사람에 비해 더 뛰어나고 자시고 하는 문제가 아니다.

다만 작가는, 스스로를 특정 무언가로부터 끊어낼 의지가 있는 사람들이다. 그리고 진짜로 열심히 생각하는 사람들이고. 그러나 이런 게 모든 사람들에게 허용된 사치는 아니지 않나. 단언컨대, 여기 앉아서 건너편을 보면서 자동적으로 나 아닌 다른 사람들은 나보다 사물을 더 잘 인식하지도 못하고 내면이 더 가난하고 덜 복잡할 것이며 또한 나보다 세상을 더 명료하게 보지도 못할 거라고 생각하는 것. 이것은 나를 결코 좋은 작가로 만들어 주지 못한다.

왜냐하면 이 말은 곧 내가 얼굴 없는 독자를 위해 '공연'을 한다는 뜻이 되기 때문이다. 진짜 사람과 대화를 하려 애쓰는 것이 아니고. (David Lipsky & David Foster Wallace, *Although of Course You End Up Becoming Yourself*)

사람들이 때때로 이상한 행동을 하는 건 살아 있다는 것이, 인간이라는 사실이 두렵기 때문일 거라고, 그는 말했다. 그러나 우리가 여기에 있는 이유는 우리를 둘러싼 온갖 것들이 무서워 항상 겁먹고 까무러치지 않는 법을 배우기 위해서라고도 말했다. 물론, "내가 무엇을 위해 사느냐? 나는 무엇을 믿고, 무엇을 원하는가? 하는 것. 이런 질문들은 너무 심오하고 엄청나서 소리내어 말하면 차라리 식상하게 들린다"(월러스).

너무 익숙하고 무뎌져서 식상하게까지 느껴지는 질문들. 그럼에도 불구하고 월러스는 인간이라는 것, 타인을 이해하고 관계 맺는다는 것(혹은 관계에 실패한다는 것), 고독함, 죽음, 삶에 대해 계속 생각하고 썼다. 그가 끝내 마치지 못한 유고작 『페일 킹』(*The Pale King*)에서도, 그의 대표작 『무한한 농담』(*Infinite Jest*) 외에 그가 남긴 많은 단편과 쪽글에서도 그는 내내 같은 이야기를 했다. 무슨 일이 벌어지는 것 같지만, 사실은 아무 일도 벌어지지 않는다. 지금 일어나는 이 일은 진짜일까? 이것은 실제일까? 내 머릿속에서만 일어나는 일은 아닐까? 인식하지 않으면, 제대로 보지 않으면 모든 것은 아무것도 아니다. 아무것도 일어나지 않는 그의 소설은 꼭 우리 삶을 닮았다.

진짜는, 죽는 게 그리 나쁜 일이 아니라는 거다. 하지만 죽는 데 평생이 걸린다. 하지만 그 평생은 전혀 긴 시간이 아니다. 이게 모순이나 무슨 말장난처럼 들린다는 거 안다. 진짜로 뭔말이냐 하면, 이건 단순히 관점의 문제라는 거다. ("Good Old Neon")

글을 쓰고 있을 사람들에게

1.

당신이 글을 쓰고 있다면, 아마 질문과 함께 갈증이 생길 것이다. 더 좋은 표현이 없을까? 내 생각을 좀 더 명료하게 드러낼 수는 없을까? 사람들에게 보다 쉽게 들려줄 일화가 없을까? 유명한 사람의 말을 좀 인용해 보는 건 어떨까? 남들은 나와 얼마나 다르게 생각할까? 한 문장도 쓸 수가 없는데 어떻게 다시 시작하지? 좋은 문장이란 어떤 걸까? 글쓰기는 과연 배울 수 있는 걸까? 연습하면 나아지는 걸까?

2.

헤밍웨이는 글을 쓰며 자신을 다 비우고 난 후 반드시 책을 읽었다. 글쓰기의 샘이 마르지 않도록, 밤이면 책을 읽으며 자신을 가득 채웠다. 글을 쓴 적이 있는 모든 사람, 우리가 배울 구석이 단

하나라도 있는 모든 사람에게서 배우라는 헤밍웨이의 충고. 그는 작가가 되기 위해 읽어야 할 필수독서 리스트를 알려주기도 하는데…

"여기, 작가가 되고자 하는 사람이라면 그 교육의 일환으로 읽어야 하는 책의 목록이 있네. 만약 이 책들을 읽지 않았다면 아직 작가교육을 받았다고 할 수가 없어. 이 목록의 책들은 각각 다른 스타일을 가진 글들일세. 어떤 건 지루할 수도 있고, 또 어떤 건 영감을 불러일으킬 수도 있지. 또 어떤 건 너무나 아름다워서 글을 쓰고자 하는 마음을 아예 꺾어 버릴지도 모른다네."

그러면서 권하는 책들의 목록은 플로베르의 『마담 보바리』, 조이스의 『더블린 사람들』, 스탕달 『적과 흑』, 서머싯 몸의 『인간의 굴레』, 톨스토이의 『안나 카레니나』와 『전쟁과 평화』, 도스토옙스키 『카라마조프의 형제들』, 윌리엄 헨리 허드슨의 『내 마음의 팜파스』, 헨리 제임스 『아메리칸』, 토마스 만 『부덴브로크가의 사람들』, 마크 트웨인의 『허클베리 핀의 모험』 등이다. 다른 작가, 다른 스타일로부터는 온통 배울 것뿐이다.

3.

책을 읽는다는 건 일방향으로 일어나는 일이 아니다. 작가가 글을 쓰고 독자가 그 글을 읽는 건 별도의 행위가 아니라는 말이다.

사람들은 글을 읽으며 동시에 작가와 대화를 나눈다.

어떤 작가에 대한 초상이나 전기를 쓴다는 것은 그에 대한 오마주이기도 하고 [오해받은] 작가를 구하고, [오해하고 있는 사람들의 잘못된 생각을] 수정하려는 시도다. 왜냐하면 우리는 그 작가에게 공감과 친밀함을 느끼기 때문이다. 그러나 여기서도 여전히 줄리언 반즈가 『플로베르의 앵무새』에서 던진 질문——작품은 어째서 우리 독자로 하여금 작가를 좋게 만드는가?——이 남는다. 도대체 왜일까.

… 당연한 말이지만, 나에게는 여기에 대한 답이 없다. 그러나 추측해 보건대, '작가'에 대한 글을 쓰려는 전기적(biographical) 시도에는 기본적으로 '감사의 마음'이 깔려 있다. 열망, 갈망, 경외, 그리고 아주 기본적인 욕망도. 우리는 우리가 사랑하는 작가들은, 다른 누구보다도 우리를 깊고 가깝게 이해하는 사람들임을 믿는다.

"어디서 그런 아이디어를 얻는 거죠?" 사람들은 항상 자신들이 좋아하는 작가에게 이런 질문을 한다. 나는 이런 질문은 사실 다음의 물음에 대한 다른 표현방식이라고 생각해 왔다.—— "아니 당신, 어떻게 내 생각을 알았죠? 당신이 그걸 글로 표현하기 전까지는 모르고 있던 내 생각을?"

우리가 사랑하는 작가는 우리를 알아주고, 그들을 통해 우리는 소중한 사람이 된다. 내가 좋아하는 책들은 한 단어 한 단어, 바로 우리 자신을 위해 쓰인 것만 같다. 그들의 문장과 문단 속에서, 작가들은 언제까지고 나를 위해 존재한다. 인간이라는 존재의 (불가능해 보이는) 끔찍한 복잡함에 대한 그들의 연민어린 인식 속에서 우리를 잊지 않고, 결코 무시하거나 버리지 않고, 우리를 멍청하다고 생각하지도 않으면서 영원히 인내한다. "바로 너야." 그들은 속삭인다. 페이지를 넘길 때마다 "내내 나의 이야기를 들려주고 싶었던 사람은 바로 너"라고, 작가들은 속삭인다. (수잔 번이 쓴 비비안 포레스터의 『버지니아 울프: 초상』리뷰 중에서)

우리는 어떤 글에서 내가 생각하던, 언어화하지 못하고 몽글거리던 그 느낌을 정확히 발견하면 반갑고 놀랍다. "어디서 영감을 얻느냐"는 질문은 "아니 어떻게 내 생각을 알았지?"의 다른 버전이다. 이런 질문에 이렇게 대답할 작가의 목소리를 상상해본다 ―"너에게 들려주기 위해 쓴 거니까. 내 글을 읽을 사람은 바로 너야, 다른 사람이 아니고 바로 너."

바로 그래서 우리는 책을 읽는다. 좋아하는 작가의 글을 읽는다. 그의 단어, 그의 문장, 그의 표현을 곱씹으며 감탄하고 혹은 내면화하기도 한다. 나를 누구보다도 잘 이해해 주는 사람은 바로 그이므로. 지금 당장 전화를 걸어 통화를 할 수도, 메시지를 보낼 수도 없지만 그는 책 속에서 그냥 그렇게 영원히 나를 이해해 주며 존재한다. 그리고 그런 작가의 존재는 우리에게 그 어떤 위로의 말보다도 더 강력한 위안이 된다.

　이런 경험을 하고 있노라면, 언어화된 표현에 감탄을 하던 우리는 어느새 '나도 그렇게 해보고 싶다'는 생각을 하게 된다. 스스로를 누구보다도 깊게 이해하는 일을 나 역시 해보고 싶다. 그러니까, '글을 쓰고 싶다'. 나의 마음을 탐구하고, 잘 된다면, 너의 마음도 탐구해 보고, 그렇게 한 스텝 한 스텝 삐걱거리는 내 마음과 관계들을 다듬어 보고도 싶다. 글을 쓰고 싶다는 마음은 단순히 미려한 글을 쓰고 싶다, 이름을 날리는 작가가 되고 싶다는 마음과는 다르다. 누군가는 배부른 소리라 할 수 있는 그 욕망은, 사치라기보다는 우리 인간의 근본적인 욕구에 가깝다. 나에게, 또 너에게 닿고 싶다, 이야기하고 싶다, 나누고 싶다고 하는.

4.

에디터 10년차. 글을 쓰고 싶다는 사람, 책을 내고 싶다는 사람들을 많이 만나 왔다. 그 중엔 프로도 있고 아마추어도 있다. 어떤 사람은 논문을 써야 해서 어떤 책 혹은 강의가 필요하고, 어떤 사람은 책은 읽고 싶은데 찾아보면 다 광고뿐이어서 진짜로 좋은 걸 추천해 줄 루트가 필요하다 말한다. 그들에게 책을 권해주면 그들은 게걸스럽게 먹어치운다. "지금 당신이 쓰려는 글의 스타일이나 주제 면에서 참고할 만한 작가가 누구누구고, 이런 책들은 조금 어려울 수 있지만 도움이 될 것이다"라고 말하면 그들은 100% 읽고 와서는 더 알려 달라고, 더 말해 달라 조르며 책에 대한 허기를 채우려 한다. 이것은 놀라운 경험이다. 마치 사람들이 그동안 책을 읽을 수 있는 기회만을 고대하며 기다려온 듯하다.

이렇게 책을 열심히 읽는 사람들을 보고 있으면 (조금 거창하게 들릴지 모르지만) 이를테면 그것은 마치 모네의 수련 같은 거라는 생각이 든다. 모네가 오랫동안 천착해 온 수련과 정원 그림은 이미 유명하다. 모네가 주제로 잡은 정원은 그의 작업실 바로 옆에 자리하고 있었고 모네는 언제든 쉽게 정원에 닿을 수 있었다. 오래 그림을 그린 후 모네의 머릿속엔 아마도 한 가지 주제와 질문이 잡혔을 것이고, 그는 그 질문을 놓지 않았다. 그 질문 하나를 가지고 정원을 찾아 그림을 그렸을 것이다. 질문이 없으면 너무 많은 것이 보이지만, 질문이 있으면 그렇지 않다. "나는 이것을 볼 거야"라고 하면 모든 게 강력해진다. 쓰고 싶은 원고가 있어서, 전하고 싶은 메시지가 있어서 그에 도움이 되는 게 무어라도 필요한 사람들은 저마다 주제와 질문이 생긴 사람들이다. "나는 이것을 볼 거야" 하는 마음으로 모든 것을 보기 시작한다. 책 한 권 통틀어 단 한 줄뿐일지라도 그것을 보고자 하는 사람에게는 소중한 한 문장이 된다.──열렬한 독서가가 탄생하는 순간이다.

5.

영원한 건 없다고 믿는 편이기도 하고, 실제로 대체로 많은 것들이 변하고 사라진다. 책이라고 왜 안 그러겠는가? 그러나 에디터로서 갖는 막연한 긍정이나 희망이 아니라, 나는 사람들에게는 좋은 책이 필요하고 그것을 읽는 데는 어떤 계기만 주어지면 된다고 생각한다. 트위터에서 본 한 줄 추천이거나, 아니면 작가의 인터뷰여도 좋다. 모든 순간이 계기가 되고, 그 모든 순간은 대단히 중요하다.

현실에서 무슨 일인가 일어나지 않는다면, 내 경우에는 소설 속에서도 일어나기 힘들다.
이건 현실에서 받은 자극들을 그대로 쓴다는 뜻은 아니다. 예를 들면 다음과 같다. 나는 며칠 전에 엘리베이터를 타려고 복도에서 있다가 어떤 남자가 휘파람을 부르는 소리를 들었는데 그 소리는 멜로디가 명랑했음에도 불구하고 어딘가 굉장히 소름끼치는 구석이 있었다. 그러면 나는 그 소리를 들은 경험을 가지고 소설을 시작할 수 있다. 그리고 완성된 소설에는 그 기이한 휘파람 소리 같은 것은 삭제되었을 수 있다. 삶과 소설 사이에는 그런 정도의 연관성만으로도 충분하다. (최정화, 『지극히 내성적인』 작가의 말 중에서)

엘리베이터 앞에서 문득 귀를 스친 휘파람 소리가 소설의 시작이 되기도 하고, 그렇게 완성된 글을 우리는 선물을 받거나, 추천을 받아 읽게 될 것이다. 책을 읽는 것이나 쓰는 것이나 모두, 어떤 계기만 주어지면 된다. 최정화 작가의 말처럼 그냥 사람들을 만나고 하늘을 보고 어떤 점들을 눈치채는 게 전부이다가 어느날 갑자기, 시간이 정지한 느낌을 받을 때 바로 그 순간이 우리의 '특별한 순간'이 된다. 이 느낌이 뭐지? 이것을 어떻게 표현하지? 생각에 물음표가 따라붙기 시작할 때가 바로 우리가 책을 읽거나 글을 써야 할 때다. 그리고 그것은 일반 사람들의 평가나 의견과는 전적으로 무관한 활동이다. 무엇이든, 어떤 것이든 좋다.

6.

소설가 가쿠타 미쓰요는 『보통의 책읽기』에서 소설가 데뷔를 축하하는 자리, 편집자들과 있었던 일을 다음과 같이 회상한다. 어떤 작가를 아느냐, 무슨 책을 읽었느냐는 질문에 가쿠타 미쓰요는 계속해서 모른다, 읽지 않았다는 대답을 해야 했다.

> … 당시 예순에 가까웠던 편집자가 질렸다는 듯 말했다.
> "아무것도 안 읽었구먼. 그렇게 안 읽고도 잘도 작가가 되려고 하네."
> 그렇다, 당연하지만 나는 당시 작가라는 인식조차 되어 있지 않은 상태였다. '작가가 되려고 하는' 정도였다. 그 후 몇 명인가(이 또한 대부분 편집자)가 진지한 얼굴로 말했다. 계속 쓰고 싶다면 읽지 않으면 안 됩니다. 더 많이 읽어야 합니다.
> 나는 이때, 진심으로 무서웠다. 늘 작가가 되고 싶었다. 드디어 신인상을 받았다. 하지만 아직 작가가 아닌 그저 무지한 젊은이이고, 앞으로 까무러칠 정도로 책을 읽지 않으면 작가가 될 수 없고,

됐다 하더라도 오래가지 못할 것이다. 이 얼마나 기가 막히는 세계인가. 그렇게 생각했다.

그렇다. 글을 쓰고 싶다면, 혹은 글을 쓰고 있다면 읽지 않으면 안 된다. 독자와 저자는 결국 다르지 않다. 독자로서 까무러칠 정도로 읽지 않으면 작가가 될 수 없다.

글을 쓰고 싶다면, 글을 쓰고 있다면, 가쿠타 미쓰요에게 진지하게 말했다는 편집자의 말을, 제대로 듣지 않으면 안 된다.

"계속 쓰고 싶다면 읽지 않으면 안 됩니다."

그리고 그것이 아마 작가가 되는 유일할 길일 것이다.

노트에서 소개된 책들과 내용 출처

David Foster Wallace, "Good Old Neon", *Oblivion: Stories*, Back Bay Books, 2005

________, *Infinite Jest*, Little Brown, 1996

________, *The Pale King*, Back Bay Books, 2012

David Lipsky, *Although Of Course You End Up Becoming Yourself*, Broadway Books, 2010

https://lareviewofbooks.org/article/chasing-the-writer-virginia-woolf/

https://www.brainpickings.org/2015/03/03/roald-dahl-storyteller-illness/

http://www.openculture.com/2013/02/seven_tips_from_f_scott_fitzgerald_on_how_to_write_fiction.html

http://www.slideshare.net/HubSpot/the-best-quotes-from-oscar-wilde-on-writing-and-creativity

『60초 소설가』, 댄 헐리 지음, 류시화 옮김, 엑스북스, 2015

『글을 쓰고 싶다면』, 브렌다 유랜드 지음, 이경숙 옮김, 엑스북스, 2016

『보통의 책읽기』, 가쿠타 미쓰요 지음, 조소영 옮김, 엑스북스, 2016

『왓더북』, 설흔 외 지음, 엑스북스, 2014

『지극히 내성적인』, 최정화 지음, 창비, 2016

『헤밍웨이의 작가수업』, 아널드 새뮤얼슨 지음, 백정국 옮김, 문학동네, 2015